KB247895

마음

김완종 시집

마음

2025 당진 문학인 출판사업

마음의 빗장을 열며

장애인으로 산다는 것이 순탄하거나 만만치 않았다.
무심코 던진 말 한마디와 행동이 아픔이 되었고,
그것은 생채기를 남겼다.
그것들이 쌓이고 쌓여 깊은 골을 만들고 옹이가 되어
마음속 한켠에 무거운 돌덩이를 안고 살듯 살아야 했다.
세상을 삐딱하게 바라보고 불만과 원망, 남탓만을 하며
허송세월을 보내야 했던 나를 잡아준 것은
어머니의 한마디였다.
번개치고 천둥치는 날에는 이불을 뒤집어쓴 채 무섭다며
울기 일쑤였다. 그럴 때마다 어깨를 다독여 주시며
해 주신 한마디,
"애야. 번개, 천둥 뒤에는 무지개가 뜬단다."
그때는 무슨 뜻인지 알지 못했지만, 어머니만큼의
세월을 살아오면서 아무리 어렵고 힘듦이 찾아와도

마음먹기에 따라, 노력함에 따라 얼마든지
이겨낼 수 있음을 깨달았다.
나만 아프고 괴롭고, 고단한 삶을 살아가는 것이
아님도 알았다. 그리고 그들에게 다가갈 수 있게 되었다.
그리고 우연찮은 기회에 동료들에게 시 문학회를
만들어 보자는 제안에 처음으로
시를 접하게 되었고 매료되었다.
2019년 장애인달팽이문학회를 창립하게 되었다.
1년, 2년 회를 거듭할수록 삐딱하게 살던 마음도,
불만과 원망으로 똘똘 뭉쳐진 마음도
봄날 얼음 녹듯 풀어졌고 마음에 빗장도 벗겨졌다.
짧지만 긴 여운을 주고 울림을 주는 한 편에 시가
마음에 묻고 살던 삶의 무게를 덜어내는 데 도움이 되었다.
누군가에게 시 한 편이 희망의 불씨를 지필 수 있는
용기를 준 다면 얼마나 고맙고 감사한 일이 아니겠는가.

그래서 오늘도 마음속 한 구석에 또아리를 틀고 무겁게 하는
아픔들을 시로 풀어내고 있다.
신진 작가로 선정해 주시고 개인 시집을 출판할 수 있도록
기회를 주신 당진시 문화재단에 감사를 드립니다.

2025년 8월에 끝날에——.

차례

제1부 그리움

제2부 보이는 것들

제1부

그리움

사랑꽃

떠나려는 마음도
보내려는 마음도
그렇게 아팠나 보다

차마
떨어지지 않는
발걸음에
짊어진 무게가
그리도 버거웠나 보다

여름빛은 엷어지고
가을빛은 깊어지는데
떠나려는 발걸음만
무겁구나

사모곡

운동장 만큼이나 넓은
대청마루 양 기둥에
광목천 붙들어 매놓고
걸음마 시키던 엄니

한걸음 한걸음
발자국 떼며 아프다
칭얼되며 주저 앉으려면
입술 지긋이 깨어 물며
회초리를 드셨던 엄니

소쩍새 섧게 우는밤
회초리 자국 선명한
장다지를 매 만져 주시던
엄니의 손길이 그립다

사모곡(2)

아픈 자식 고쳐 보겠다며
소문따라 신장로를 떠돌며
그 길위에 떨궈냈던
눈물 방울은 얼마 였으랴

다섯 여린 몸에
침 바늘 꽂아 되는 의원에
손길 스칠때 마다
자지러 지던 자식앞에
입술은 얼마나 깨물었으랴

굳어가는 뼈 마디마디 펴겠다
성판위에 광목천으로
꽁꽁 묶힌채 우는 자식
외면하며 삭혀야 했던
가슴속 피멍은 얼마였으랴

아픈 자식 홀로 두고
떨어지지않는 발길

눈 조차 감지 못하고
저승길 노자돈 마져
아들 손에 꼭 쥐어 주고
끝내----

엄니,
무겁게만 누르던 등짝 짐들
모두모두 내려놓고
그곳에선 아프지 말고
행복하게 살유

어머니

소리없이 물드는
저녁 햇살이 곱다
감탄만 할줄 알았지

하루가 짧다
이놈저놈
어루만져 주던 손길에
고단함은 몰랐네

산들 바람에
일렁이는 황금 들녘
배 부름만 알았지

검게 그을리고
거북등처렁

쩍쩍 갈라진 몸뚱아리에
쓰라림은 몰랐네

옹알이에
아장아장
제 자식 커가는 모습
사랑스러워 할줄만 알았지

삼백 예순날
자식 걱정
한숨 거둘 날 없이
흙속에 묻어버린
엄니 삶은
헤아리질 못했구나

잔소리

그때는
이해하지 못했다
갚지 못할 거면
받지도 먹지도 말고

너는 부실한 것을 먹어도
남에게는 좋은 것을 주고

남에게 하나를 얻었으면
너는 열 개를 주라고

네가 싫은 것은
남도 싫어 하는거라고

네가 아프면
남도 아프다

귀에 딱지가 앉았다
지금,
사람답게 살아갈 수 있게 해 준
엄마의 선물이었다

배움

엄니등에 업혀서
초등학교 문턱을
넘나 들었던
3년6개월

배움에 전부이지만
부끄럽지도 않고
부럽지 않네

짧은 날들이지만
어떤 시간보다
소중하고 귀한
배움의 터였네

지금의 나를 만들어 준
천금보다 귀한 시간이네

아버지의 냄새

아버지에 몸에선
언제나 불 내음이 났다
새벽이고 한밤중이고
싸이렌 소리가 나면 튀어나가셨다

어제는 영식이네 지붕위에서
오늘은 미숙이네 헛간에서
소시랑을 들고 뛰어다니시던
아버지

눈 내리는 날이면

눈 내리는 날이면
콧잔등이 시큰해진다

포대기로 머리까지 씌우고
뽕나무밭을 지나
잰 걸음으로 학교를
향하던 엄니
축축한 등짝이 생각난다

답답한 골방이 싫어
살그머니 밖으로 기어나가
아이들 꽁무니를 기어 다녔고
버선발로 뛰어와서
피투성이 아들을 끌어안고
오열하던 엄니가 생각난다

회초리

산수 문제
받아쓰기 틀릴 때마다
틀린 수만큼
회초리를 드셨고

밖에서 아이들에게
놀림받은 설움에 훌쩍이며
돌아와도 회초리를 드셨다

안티푸라민을 발라 주시며
밤새도록 종아리를 쓰담았을
엄니의 손길

엄니 세월만큼
살다보니
입술을 깨어 물며
회초리를 드셨던
마음 알것같다

어머니의 오일장

밤새도록 소리죽여
앓는 소리를 하다가
문풍지 사이로 허 게
날이 밝아오면 언제 그랬냐
툭툭 털고 일어섰다

죽으면 썩어 문드러져
없어질 몸뚱아리 아껴서
뭐에 쓸거냐며

시 오리길 마다않고
열무며 쪽파등을 한아름
머리에 이고 양손에 들고
타박타박
병천 오일장을 찾아
구석진 난전 모퉁이에
자리를 꿰차고 앉았다

자기만을 바라보는 자식들

배 불리지는 못해도

굶기지는 않겠다는 마음은

고단함도

아픔도 잊게 했다

봄심

힘든자든
아픈자든
외로운자든
구분 두지 않고

힘든자에겐
포근한 마음으로
아픈자에겐
다독이는 마음으로
외로운 자에겐
사랑스런 마음으로
감짜 앉는 포근한
봄볕이
엄니 마음같네

엄니의 봄

황소 바람 숭숭 드나드는
소쿠리를
옆구리에 끼고
검게 그을린 논두렁 밭두렁
자분자분 옮겨 앉으며

덤불 헤집고
어린 쑥 뜯어다
쑥 개떡 버무려,

'이거라도
많이 묵으라 어이 묵으라'

엄니의 나침판

밤하늘에 별빛이 모두 사라져
암흑이 된다 해도
모래 폭풍에 앞서가던
님에 자취가 묻힌다해도
두렵지 않음은
길을 잃지도 않음은

흔들흔들
방향을 가르켜 주는
사랑의 나침판이
아직 마음속에 남아있기
때문입니다

감나무

어릴적
뒤뜰에
감나무 두 그루

작년에는 세접
올해는 반접
들쑥날쑥 해도
까치밥은 넉넉히
남겨 놓으시던
아버지

아버지 안 계신 빈자리에도
감들은 익어가고
나의 가을도 감빛으로
물들어간다

그리움

처음으로 말을
처음으로 글을
처음으로 살아가는
방법을 알게해준 사람

처음으로 그리움에
눈물을 흘리게 해준 사람

오늘도 허공에다
써 봅니다
그리운 그 이름

어머니

소원

말 한마디 곰살맞게
못 한 것이

갈라지고 터져 쓰라린
손 한 번 못 잡아 준 것이

받아 먹을 줄만 알았지
자장면 한 그릇 못 사 준것이

마음만 먹으면 갈 수 있는
여행 한 번 못 해 드린 것이

이제 할 수 있는데
이미 멀리 가 버려서
못 함이
마음 아쉬움으로 남는다

후회

등짝이 짓 물러 허   게 밤을
새 우는 날이 잦았다.
머리 아플때도
허리 아플때도
무슨 만병통치 약이나
되는 것 처럼 쓰디쓴 명랑을
툭툭 털어 한 모금 물로 넘기며
아픔을 참아냈다.

'니는 에미가 뼈가 뭉그러지는
한이 있어도 꼭 걷게 할기다'
밤새 끙끙 앓다 가도 날이 밝음
언제 그랬냐,
바람결에 떠도는 소문따라
포대에 둘려 들춰업고
절간이며 무당집을 찾았고
의원댁 문턱을 넘 나들었다.

그런 엄니의 고단했던 삶
왜 그렇게 살았는지
안중에도 없었다
'괴물 처럼 낳을거면 왜 낳냐고,
농약이라도 마시고 죽겠다'
엄니 가슴에 대 못을 박았고
감시의 경계가 느슨한 틈만
보이면 밖으로 나가기에만
급급했다
얼음위든 자갈길 신작로든
썰썰 기어 다녀 피 투성이로
돌아왔다.

그런 날은 유독 끌어 안고
오열을   아냈던 엄니
'부모 잘못 만나 그런겨
부모가 무능해서 이리된겨'
안티프라민을 허리에 도배하며
힘들어 하면서도 들쳐 업었던 엄니

엄니의 사랑이였음을
그땐 몰랐다

그대를 보면

그대를 보면
가슴이 뜀박질하고
요동치는 걸 보면

그대를 보면
오뉴월 메뚜기 뛰듯
방망이질에 애뜻한
마음인걸 보면

봄볕이
여름빛이
가을 햇살이
각기 다른 감정으로
마음을 뒤 흔들어 놓는 걸 보면

아직은 청춘의 빛이
조금은
남아 있나보다

사랑찾아

짝 찾아 밤 새도록
찌르르찌르르
풀벌레 울음 섧다
괜시리 밤하늘만 멍 때리네

어디에 숨어 있을까
나의 반쪽 찾아
쪽빛 하늘 위를 떠드는 솜털구름
반쪽 찾아 둥둥 떠다니면 좋으런만

낙엽

누가
나를보고
슬프다했나
쓸쓸하다했나
할 일 다하고
잠시,
쉬려는 것인데

기억의 저편

힘들게 했던 지난 일들
이제는 잊고 싶은데
기억하기 싫은 그것들에게서
자유스러워지고 싶은데

잊을만 하면
스멀스멀 물안개처럼 피어나
아픔으로 훑고 지나간다

그래,
머리로만 정리 했을 뿐
온전히 비워내지 못하고
붙들고 있는 나의 짐이였구나

관계

얽퀴고 설퀸
실 타레도
얼레고 달래면
풀리는데

사람과 사람 사이
얼퀴고 설킨것은
영원히 풀길 없네

봄 걸음

싸목싸목
청산포 바닷바람 타고
봄바람이 걸어와
메마른 들녘에
새싹을 틔우고
앙상한 가지위에
새잎을 틔우네

싸목싸목
봄 바람이 다가와
겨우내 움츠렸던 마음속에
촉촉이 단비를 뿌리고
꿈결같은 봄 기운을
심어놓네

자연의 질서

신은
우리에게
먹을 만큼의
양식을 주셨다

신은
우리에게
견디고 이길 만큼의
시련을 주셨다

신은
우리에게
알맞은 때에
햇님과 빗님을
주셨다

신은

우리에게

지구상에 동 식물을

지배할 수 있는

지혜를 주셨다

그러나,

신은

우리에게

이러한 질서를

파괴하고

어지럽히라고는

하지 않으셨다

한 글자의 안부

그대는
누군가를 생각하며
걱정에 문자 몇줄 먼저
보낸적 있는가

그대는
누군가의 건강을 생각하며
카톡 메신저를
먼저 보낸적 있는가

그대는
친하다 말은 하면서
눈, 비 내리는 날에 조심하라고
걱정에 한마디
먼저
보낸적 있는가

아무것도 아닌듯
보내는 걱정 한줄
무심코 생각나서
보내는 안부 한줄이
누군가에겐
희망에 싹을 틔우게한다

갈매기의 비상

세상을 탓하고
운명을 탓하고
부모를 탓하며
살아왔던 어제에
못난 생각들

누군가 도와 주것지
누군가 어떻게 해 주것지
안주하면서
소중한 시간만 허비하며
살았던 것이 후회로 남는다

누가 그랬다

'포기 하는 순간 핑게 거릴

찾게되고

할 수 있다 생각하는 순간

방법을 찾는다'고

오늘도

미쳐 못 찾은 나의 무안한 능력을

찾아 날아본다

저 갈매기처럼

꽃바람

성질 급한 놈이
꽃망울 터트리고
꿀벌이 하품하다
꽃샘바람에 화들짝
숨어 버리는데
내 맘속
꽃송이들은
아우성이네

사람들은

사람들은
나만 보면 묻는다
잠은 어떻게 자고
밥은 어떻게 먹냐고

사람들은
나만 보면 묻는다
심심하지 않냐고
심심하면 뭐하냐고

사람들은
나만 보면 묻는다
사는것이
행복하냐고
즐겁냐고

내가 묻는다
당신들은----

봄날에

작년에 폈던
수선화도 그 자리에서
살랑이고

겨우내
땅속에서 잠자던
개구리도 기지개 펴며
짝 찾아 울어되고

작년에 갔던
제비 내외 처마끝
날아들어
지지배배 집 짓는데

내 마음속 봄은
언제 오려나

진달래전 붙어주던
엄니도 없고
자전거 태워
들녘을 달려주던
동무들도 없고

내년 봄엔 찾아오려나
옛 사연 주절주절
담아들고

엄니에 밤

소쩍새 우는 밤
싸릿 대문에서 눈을 못떼고
자전거 끌고 장사길 나선
아부이 기다리던
엄니의 촉촉한 눈길이
눈에 밟힌다

이 때나 저 때나
돌아 오지 않은
막둥이 기다리며
싸릿 대문에서
서성이던 엄니의
시리운 눈길이 밟힌다

소쩍새 우는 밤이면
슬퍼진다

아랫목

겨울만 되면
제일 그리워지는 그곳
장사길 나선 아버지의
밥 사발이 고이 고이 싸맨 채
온기를 가둬 두었던 곳

각양각색의 양말들을
가지런히 늘어놓은 듯
두터운 솜이불 사이로
크고 작은 발들이 삐죽 나온 채
온기를 채워주던 곳

눈 대중으로
장작들이 태워지고
시커멓게 타버린 장판이
겨울의 상징처럼 한 자리 하던 곳

자리 다툼하며 겨울의 냉기를
녹여주던 그곳이
지금도 그립다

소풍

살랑살랑 부는 봄바람에
잠 못 이루고 손가락 꼽던 날들

김밥 한 줄에
개미 떼들처럼
줄줄이 걸어가는 아이들

물끄러미 바라보는
마음이 아팠다

비내리는 날이면

이렇게 비 내리는 날이면
커다란 대청마루가
북석인다
아이 어른 할것없이
대청마루로 모여든다

똥구녕 찢어지게 가난했던
보리고개 이야기며
강낭콩 꼬트리를   기도하고
얼굴 가득 허연 녹말가루
묻혀가며 감자껍질도 벗긴다

꼴전내기 화토판이 펼쳐지고
웃음꽃이 터질때 쯤
얕트막한 초가지붕 사이로
입이 궁금한 마음이라도 아는지
기름질 내음이 솔솔 피어오른다

비오는 날은 왠지 궁금하고
비오는 날은 소란스럽다

아픈 겨울

발가락과 손가락
벌겋게 변하다가
툭툭 살갗이 여러갈래로 터져
누런 고름들이 흘러내리는
겨울이 싫었다

위잉
거치른 바람소릴내며
살갗을 파고드는 추위를
뜨거운 물이 담긴
플라스틱병 하나에
의지하며 지내야 했던
겨울이 싫었다

쉽게 물러가지 않을것

같았던 겨울도

겨우내 딱딱해진 흙 더미 헤집고

뾰족뾰족 수선화의 푸른빛

새싹에 안도에 한숨

몰아쉬면서도

곧 떠날 겨울이지만

그 겨울마저 싫었다

누나

아카시아 꽃만 보면
누이가 생각난다

맏이라고
동생들 건사에
집안일에 바쁘기만 한데

누구하나 수고했다고
고생한다는 말 한마디
해 주는이 없어도

묵묵히 집안일 하는 누이가
아카시아꽃 같았다

연서

책갈피 속에 고이 말려 놓은
꽃잎 서너 장 붙여
고운 꽃 편지지에
마음 꾹꾹 담아
소녀에게 쥐어주곤
냅다 줄달음질 치던 시절도
옛 이야기가 됐다

나에게 신은

사람 구실 못 할 거라며
모두가 외면했을 때
어머니라는 수호천사를 통해
완전하진 못해 불편하지만
살아가게 해 주셨습니다

가족에게 버림받아
첩첩산중 지리산
소쩍새 마을에서
죽을 날만 기다리며 살았을
나에게 어느 불제자를 보내어
세상 밖으로 나오게 하셨습니다

30년 가까이 노예처럼
공장에서 추위와 싸우고
더위와 맞서고
온갖 지청구와 궂은 일 견뎌내며
미래적 희망조차 없이 살던
나에게 활동 지원사 선생님을

보내주시어 고래등 같은
아파트에서 살아가게 해 주었습니다

주변 사람들에게
사랑받고 사는 것도

평생을 약 먹지 않고
건강하게 살아온 것도

신에 지극한 사랑이었는데
알지를 못하고
감사하질 못했습니다

신은 나에게
수호천사 같은 분이였습니다

고향

한바탕 요란스레
쓰르름쓰르름
매미가 울어 재키고
적삼 바지 자락 걷어붙이고
부채질하며 원두막을 지키는
호랭이 할배의 마른 기침

넓은 참외밭 이곳저곳
숨어들어 뜨겁게 달궈진
참외를 한두 개씩 따 들고
냅다 줄행랑을 치는 아이들

이놈들 이놈들
소리만 지르다 마는 호랭이 할배

꼬질꼬질한 런닝구 자락에
쓱쓱 문질러 한입 베어 문다
뜨거움과 달착지근함이
입안 가득 퍼지고
아이들은 낄낄 거릴때

싱거운 바람이 한차례
신작로 모래 한 움큼
하늘 위로 말아 올린다

봄길

닿을 듯 말 듯
뺨을 스쳐 지나가는
당신의
몽실몽실한 손길에
오뉴월 메뚜기처럼
방망이질을 했습니다

입안 가득
프레지아 향기 머금은 채
귓가를 나붓나붓 맴돌던
그대의 입김에
아무도 밟지 않은 몽글몽글
구름 위를 걷는 기분이었습니다

잠시 동안 머물다가
내년을 약속하며 떠나겠지만
관계없습니다
당신에게 향한
마음은 변함없으니까요

사랑은

처음에는
가나 초코렛처럼
달달했다

살다보니
소태처럼 쓰기도하고
구기자처럼 시고 떫기도하다

이제는
그저 덤덤하다

짱돌

등뒤로 날아와
꽂히는 짱돌
맞아 아픈것이
아니다

짱돌을 든
당신의 손끝
그 마음이 아프다

걱정

잠은 어케 자
그냥 자

밥은 어케 먹어
그냥 먹어

화장실은 어께 해
너랑 똑같이 해

그렇구나

아버지

온갖 풍파속에서도
말없이 홀로 지켜온 세월

가만히 앉아 있는 모습
흔들리지 않는 거목처럼
그 모습만으로도
우리는 안심하고 숨을 고른다

아버지의 자리
묵묵히 빛나는
집 안의 가장 깊은곳에 등불이였네

빈 자리

말없이 앉아 계신
그 자리는
늘 같은곳에 있어
알지 못했네

우렁우렁 세상을 지탱하며
우리의 등을 받쳐주던 그 마음을
알지 못했네

때로는 거칠게
때로는 따스하게
보듬던 손길

그 빈틈을 지탱해 주던
아버지의 자리는
우리에겐 커다란 거목이였네

추석

'할미----'
작은 단풍잎같은
손을 흔들며 달려드는
손주 손녀앞에
주름진 얼굴엔 미소가 번지네

곱게 차려입은 며느리와
아들네 식구들앞에
정막강산이던 집안이 떠들썩

올망 졸망
여름 한철 흘리운
땀 방울에 고단함이 묻어나는
마늘 고추 담긴 꾸러미를
쥐어 주는 거북 손

'엄니, 엄니 이제 그만하소'

아들 내미 성화에

'알았으니 에미 걱정 말라'

손사래 치는 엄니 맘은

벌써,

들녘으로 달음박질 치네

단골손님

한해 한해
건너 뛸 법도 하지만
수 십년 세월
때가 되면 찾아온다

곪아 터지는 상처에
소주 한잔으로
잠을 청해 보지만
벌레 기어 다닌다
스물스물 아리아리

명절이 코앞이라
어둠 걷히기도 전에
바쁘다며
콩 볶아 대듯
내 몰아 될 텐데

아픔도
상처도
내거라며,
짊어지고 간다지만

겨울이 깊어질수록
견딜 수 없는 아픔에
봄을 기다리는 마음
간절하기만 하네

산다는 것

잠시
머물다
가는 것이
환절기 바람
뿐이겠는가

잠시
옆에 머물다
가는 것이
인연 뿐인겠는가

잠시
길동무되어 동행하다
가는 것이
사랑뿐이겠는가

잠시
살다가
가는 것이 인생인데
욕심낼 게 무엇인가

그저
잠시
머물다 가면
그뿐인 것을

적응

우린
처음부터
처음이었다

제2부

보이는 것들

그대여서

쏟아지는 장대비에
어깨가 젖은들
어떠하리

뜨겁게 내리쬐는 볕에
얼굴좀 그을린들
어떠하리

매섭게 몰아치는
겨울 바람에
귓볼이 시린들
어떠하리

길고 긴 여행길
우산 나눠쓰고
시린 손 마주잡고
동행하는 그대가 있어
행복한것을

장마

외양간 소들이 지붕위로
쫓겨 올라가 음메음메 애달프고
하우스도
논 밭도 파묻히고
집안은 쑥대밭에 뻘이되고
도심은 황토물로 출렁이는데
먹장 구름만 들이밀며
크르릉 꽝꽝
으름장이고
자연에 순응하며 살아가는
농심만 애간장 녹네

향기

세상과 부딪히며
살아가기 버거워
시선을 피했다

사람들과 부딪히며
살아 가기 두려워
방안에 숨었다

이제는
숨지도 힘들어
하지도 않고
당당히 살겨라며

옮기는 걸음 걸음
머무는 발 걸음 마다
향기 폴폴 날리는
당신이 이쁘다

그림자

살금 살금
따라다니기도 하고

비틀비틀
쫓아 오기도 하고

삐뚤삐뚤
걸어 오기도 하고

그 모습 싫어
멀찌감치 도망치면

어느새 뒤에 서 있는 너
괜찮아 괜찮아

봄날에 기도

때가되면 알맞은 햇살과
비와 바람으로 언땅을 녹이고
싹을 틔우고 열매를 맺게하는
자연에 순종하며 살아가는,

'땅은 거짓뿌렁 않는겨,
 노력한 만큼 주는게 흙인겨'

농사를 천직으로 여기며
흙을 일구고 살아가는
이땅에 아부이 어머이

송골송골 맺히는 노고의
땀 방울들이 긴 한숨이 아닌
행복한 웃음으로
답하는 가을이길

마음2

구름 위에 비춰진
무지개에 취해
해바라기처럼
지켜 봐 주던
그 마음 몰랐구나

그 마음 붙들려니
서쪽 하늘 물들고
찌르르 찌르르
밤 벌레 울음소리
길동무하네

벽

원해서 된 것도 아닌데

높은 턱이
가파른 계단길 발길을 막는다

무두가
행복해 보이는데
즐거워 보이는데
나만 불행하고
나만 아프냐
세상을 탓하고 원망하며
살았다

세상은
살아가기 바빠
아무도 관심 없이
스쳐 지나갈뿐인데

외모에 신경 쓰고
별뜻없는 한마디 말에
상처의 씨앗을 키우고
마음에 빗장을 걸어 잠근건
나였다

물멍

중간중간
힘들고 고단할때
너무 깜깜해서
뒤로도
앞으로도
옮길 수도 없을 때

흐르는 시냇물 속을
들여다 봐 봐
고인물이 쉬 얼어 버리고
쉽게 썩는다잖아

마음을 흐르게 하고
생각을 움직여 봐
한 줄기 빛이 보이고
찾아가야 하는
세상이 보일거야

동거인

도망치면
어느새
주변을 맴돈다

구석구석
간지러움에
불긋불긋
흔적이야 남겠지만

한마디 한마디
말 장난으로
아픔 주는 그대 보다야
낫겠지

오늘밤
깨끗이 씻고
너를 만나리

세월은

약을 돌처럼 생각하고
살아왔는데
이젠
물 마시듯 하네

세월은2

차곡차곡
쌓여지는
낡엽처럼

시간에 흐름은
물때처럼
마음속에 쌓여

혈관을 막고
관절염에 우울함

보이는 것들

예전에는
관심조차 없었다

탈모 예방에 좋다는
소리에 쫑긋 해지고
혈액 순환
관절에 좋다는 소리에
덥썩
건강 식품을 사든다

무릎이 시립고
구석구석
통증이 찾아옥

세월은
사람 마음을
나약하게 만든다

황혼

세 마리 푸들을
유모차에 태운 채
산책길 나서는 노모의
뒷모습이 왜소해 보인다

길게 드리워진 그림자뿐
텅 빈 공원 모서리 벤치에
우두커니 앉아
선홍빛으로 물드는 노을을
우두커니 바라보는
노인의 뒷 모습이
내 모습인 양 친숙해 보인다

살다보니

갖은 것이 없으니
잃을 것도 없고
잃을 것이 없으니
근심 거리 없네

근심 거리 없으니
마음 편하고
마음 편하니
걱정 거리 없네

걱정 거리 없으니
세상도 부드럽게 보이고
타인에 삶도 돌아 볼 수 있는
여유로움도 생기네

여유로움이 생기니
따뜻한 말 한마디
어깨를 다독여 주는
넉넉함도 생기네
넉넉한 마음이
부메랑처럼
사랑되어 돌아오니
이 또한 감사할 일이다

당신은

방황도 했지요
좌절도 했지요
미워도 했지요
원망도 했지요
세상을 향해서 말이지요

어둡고 칙칙한 어둠에
긴 터널을 지나
당신이 끄는 손에 이끌러

사랑이 있고
믿음이 있고
희망이 있는
여기까지 왔습니다

희망에 불씨를 짚어주는
그런 사람입니다
나에게
당신은

아픈 세상

너도 아팠냐
나도 아팠다
손 잡아주고
웃음으로 답했더니
바보로 보는
세상이 아프다

내 생각만 옳고
니 세상은 그르다
흑 백으로 편 가르기하는
세상이 아프다

약속

높은 계단이
약속을 취소하고
오던길 되돌아간다

두 개의 문턱에
점심 한 끼 못하고
라면으로 때웠다

힘겹게 오던 인도길
자동차로 막아놓아
오던 길 되돌아
차도로 지나갔다

같이 살자면서
함께 더불어 사는 세상
만들자면서!!

바다는

너의 마음도 모르면서
타인에 마음 헤아린다고
섣부른 위로로
마음 상하게 말라네

너의 마음도
다스리지 못하면서
타인에 마음 안다고
성의없는 관섭으로
아프게 하지 말라네

너의 마음도
청결하지 못하면서
타인에 티끌같은
흠집하나 비난하여
상처주지 말라네

고마웠어

둘러보지 못해서
살펴보지 못해서
미안해

아파하는 마음도
힘들어하는 마음도
나 몰라라해서
미안해

괴물처럼 태어난 것을
부끄러워하며 자신감 없이
살아온 것도
미안해

고생했어
고마웠어
사랑해.

마음3

울고 싶을 때
소리 지르고 싶을 때
외로움으로 몸서리 처질 때
다독거려 줘 봤니

이제,
울어도 괜찮아
소리 질러도 괜찮아
하고 싶은 거 다 해도 괜찮아

마음4

언제는
밴댕이 속알딱지였다가
언제는
좁쌀 영감탱이였다가
언제는
태평양만큼이나 넓었다가

그놈어
깊이는 알수가없네

마음5

위로받고 싶어지는 날이있지요
그것이 사람이여도 좋고
한곡에 음악이여도 좋고
무심히 지나치며 볼을 스치는
바람 소리여도 좋고
엉성한 나무가지위에서 지저귀는
새소리여도 좋고

유난히 위로받고 싶어지는
날이 있지요
오늘이 그날인가 봅니다
어땠어, 괜찮았어
따스한 한마디가 그리운 밤이네요

슬프다는 것

내가 슬픈건
무심히 스쳐 지나가는
세월 때문이 아니다
주먹에 쥐어진
시간 마져 못 쓰기
때문이다

내가 슬픈건
품고 사는 사랑이
작아서가 아니다
남의 사랑 넘 보다가
그 사랑마져
떠나 보냈기 때문이다

내가 슬픈건

부모에게 받은

유전적 재능이

적어서가 아니다

타인에 재능만

부러워하다가

내안에 재능은

펼쳐 보지도 못하고

살아왔기 때문이다

달

끈임없이 변하는
나를 보고 변질자라
말하지 마라

나는
변함없이 그 자리에
머물고 있는데

세월따라
환경에 따라
시시각각 변화는건
그대들이면서

시계

갚을 것만 기억했다
이젠
받을 것만 기억한다

작은것에 감사하고
고마워했다
이젠
서운했던 감정만
기억한다

갖은것 빈약하지만
나눠먹고
나눠주고 살았다
이젠
티끌 하나도 탐내는
내 것만 기억한다

인연

그대를 만난건
보이지 않는
운명에 끈

한치 앞도 알 수 없는
세상에서 오롯이
의지할 곳은 그대뿐

시작은 있으되
끝은 알 수 없는
각본 없는 드라마
만들어 갑시다

그리움

아무 일도 아닌 것
티격태격 다투며
얼굴 붉혔던 시간도

빈 자리 없이
들어 찬 맛집 앞에
긴 줄 마다않고
서성였던 시간도

식어버린 커피잔 앞에
남편들 흉 보며
깔깔 웃었던 시간도

긴 명절
부엌떼기 부리듯
술 친구 끌어 모아
안주 타령하는 남편
미워했던 시간도

지나고 보니
그리움이네

가을은

늦더위 자락
어제 같은데
새벽바람이고
귀뚤이 울음
문턱이네

한 해 수확 거두려니
쭉쟁이뿐이고
들이미는 노을빛
밀려드는 시리움
어디다 붙들어 맬고

멈춘 시계

남의 말은 경청하지 않고
할 말만하며 살았다
이젠
자기가 옳다 주장하며
목청 높이는 노인이 됐다

금지옥엽
버선발로 맞아주던
손주 손녀
이젠
기억속에 갖어 둔
잊혀진 얼굴이 됐다

조약돌

드넓게 펼쳐진
곱디고운 모래

사그락사그락
바닷물에 속에 구르는
옥 돌도

깎아지른 절벽 위
비옥한 돌무덤 위에
뿌리 내리고 우뚝 서 있는
소나무 한 그루도

저절로 된 것이
아니었구나

억겁에 세월
거치른 바람과 맞서고
거썬 파도에 부대끼면서
구르고 깍여서
다듬어진 것이였구나

우리도
세상과 맞서고
현실과 부대끼면서
옥돌로 만들어보세

순리

이때쯤
태어나 응애응애 울 테고

이때쯤
아장아장 걸으며 옹알이할 테고

이때쯤
책보를 허리춤에 차고 학교에 다닐 테고

이때쯤
내 손으로 내 가족과 조국을 지킨다는
신념으로 군대에 갔다 왔을 테고

이때쯤
직장 생활하며
누굴 만나 사랑할 테고

이때쯤
결혼하고 아이 낳고 사는 데 정신없을 테고

이때쯤
아들딸 출가시키고

이때쯤
몸 구석구석 탈이 나서 병원을 찾고

이때쯤
흙속으로 혹은 몇 천 도의 열기 속에
한줌 재로 변해 있을 테고

결국,
쓸데없는 일일 텐데
무엇을 쥐어 보겠다고
그리들 야단법석
요란스럽게 살아가는지

잔디꽃

팡팡
팝콘 처럼 터지는 꽃송이
울긋 불긋 아름다움에
비 처럼 날리우는 꽃송이에
환호성을 지르며
너나 할것 없이 셔터를 누른다

폭풍 한설 이겨내고 이렇게
봄 소식 안고 찾아왔는데

작은 바람에 흔들리고
발밑에 채여 묻혀 버리는
작은 너의 모습
봐 주지 않는 눈길

나도 여기 있어요

도전

아무도 가지 않은 곳
아무도 걷지 않은 그길을
간다는건 두려움이다

처음으로 누군가
발을 들여 놨을 그곳
처음으로 누군가
걸었을 그길을
간다는것
설레임이다

첫 발을 내딛는것
남의 옷을 입고 있는것 처럼
부자연 스럽고 어색하지만
곧 익숙해진다

그래서
도전은 아름다운 것일지
모른다

시간의 굴레

1201층 할매는
매일같이 9988
출근 도장 찍고

오늘과 내일이
다르다며 아픔을
하소연하는
1008층
할매의 넋두리

90년 썼으면
아픈 것이
당연하다
깔깔거리는
할매들

담담하게 바라보던
그 모습이
내 모습이네

무정란 유정란

아파서 죽겠네
힘들어 죽겠네
짜증나서 못살겠네
화가나서 못살겠네
라면서
늘상 부정적으로 사는 사람

작은 일에도 감사하며
적극적으로 인생을 개척하며
하루하루를 소중히 여기며
긍정적으로 살아가는 사람

준비

손톱도 이쁘게
다듬어야지

헝크러진 머리도
매만져야지

잠시 흩트러졌던
마음도 다잡아야지

여기저기 널브러진
물건들도 제자리에
정리 정돈하고 있어야지

이쁘게 하고
단정하게 하고
깔끔하게 하고 있다가
엄니 보러 가야지

무거운 짐만 지운 채
눈물만 흘리게 했는데
씩씩하게 잘 살다 왔다며
자랑도 하며
웃게 해 드려야지

흐르는 시간

세상 무서울게 없다
할짓 못할짓 하면서
이만큼 살아왔음 된건데

어느덧
70줄을 바라보는 나이에
뭐가 아쉽고 무섭다고
소침해진단 말인가

혈관이 막히고
관절이 닳아 약해지고
근육에 염증이 생기는것은
당연한것인데

60평생 별 무리없이
썼음 된거지
감사는 못하더라도
지나친 애착은 버려야
되지 않겠나

몹쓸것
험악한 꼴 보지않고 살아왔음에
감사하며 정리할 시간만큼은
갖고 살다 가야되지 않겠나

세월이란 그런것인걸

삶에 무게

생전 듣지도 못하고
낯설기만 한
회전 근개 증후군이라는 병명

어깨 수술을 하고
보조기에 묶여지고
간병인 손에 의해 내 몸이
좌지우지함이 서글픔이
마음속을 감싸내린다

60여년 쓰다보니
근육속에 석회질도 끼고
닳아진 신경과 뼈들이 부딪어
관절염도 생기며 통증을 느끼게한다

세월은
몸에 장애뿐만 아니라
마음에 장애도 안고 살아야하는
또 다른 아픔이다

《당진 문학 10주년 리미티드 에디션》은 지역 문학의 기록과 작가들의 목소리를 담기 위해 기획된 한정판 시리즈입니다. 문학의 본질에 집중하고자 절제된 디자인과 단순한 구조를 선택했으며, 작품의 여운과 언어의 깊이를 오롯이 전달하고자 하는 의도로 제작되었습니다.

마음

초판 1쇄 **2025년 10월 10일** 초판 1쇄 발행 **2025년 11월 01일**

지은이 **김완종**
발행처 **재단법인 당진문화재단**
주소 충남 당진시 무수동 2길 25-21 전화 **041)350-2932** 팩스 **041)354-6605**
홈페이지 **www.danginart.kr**

크리에이티브 디렉터 **북베어** 경영지원 **한정희** 책임편집 **최은주** 교정교열 **김지윤**
디자인 **김지은 · 유승연** 멀티미디어 **이예린** 마케팅 **김도윤**

펴낸곳 **자유의 길** 등록번호 제2017-000167호
홈페이지 **https://www.bookbear.co.kr** 이메일 **bookbear1@naver.com**

ISBN 979-11-90529-40-2 (03800)

*저작권법에 의해 보호를 받는 저작물이므로 저자와 출판사의 동의 없이 내용 일부를 인용하거나 발췌하는 것을 금합니다.
*잘못 만들어진 책은 바꿔드립니다. 책값은 뒤표지에 있습니다.